¡BIP BIP BIP HORA DE DORMIR!

Para Thomas y Luke, los encantadores nietos
de Nannie Rose, xx. -C.F.

A mi esposa, por su valor y paciencia. -R.S.

© Ediciones Jaguar, 2016
C/ Laurel 23, 1º. 28005 Madrid
www.edicionesjaguar.com

© Traducción: Merme L'Hada
© Texto: Claire Freedman, 2016
© Ilustraciones: Richard Smythe, 2016
ISBN: 978-84-16434-39-8
IBIC: YBC

Primera edición en Gran Bretaña en 2016 por Simon & Schuster UK Ltd
1St Floor, 222 Gray's Inn Road, Londres, WC1X 8HB. A CBS Company.

¡BIP BIP BIP HORA DE DORMIR!

Claire Freedman & Richard Smythe

miau

Muy ocupados trabajando todo el día,
construyendo sin descanso la autovía.

¡Brum brum!

Grandes camiones a gran velocidad...

¡*Fium!*

coches y camionetas
que pasan sin mirar.

La retroexcavadora está preparada,
pronto la carretera estará perforada,
el suelo tiembla y queda roto
¡parece un terremoto!

Los dientes de la excavadora muerden el cemento,
hace **grandes** agujeros en un momento.

¡Qué vamos marcha atrás!

¡Bip! ¡Bip! ¡Bip!
En este camión
ya no cabe nada más.

No paran de llegar residuos al camión,
piedras y **escombros**
que pesan un montón.

El tambor mezclador de hormigón
no para de girar,
arena, cemento y gravilla
remueve sin parar.

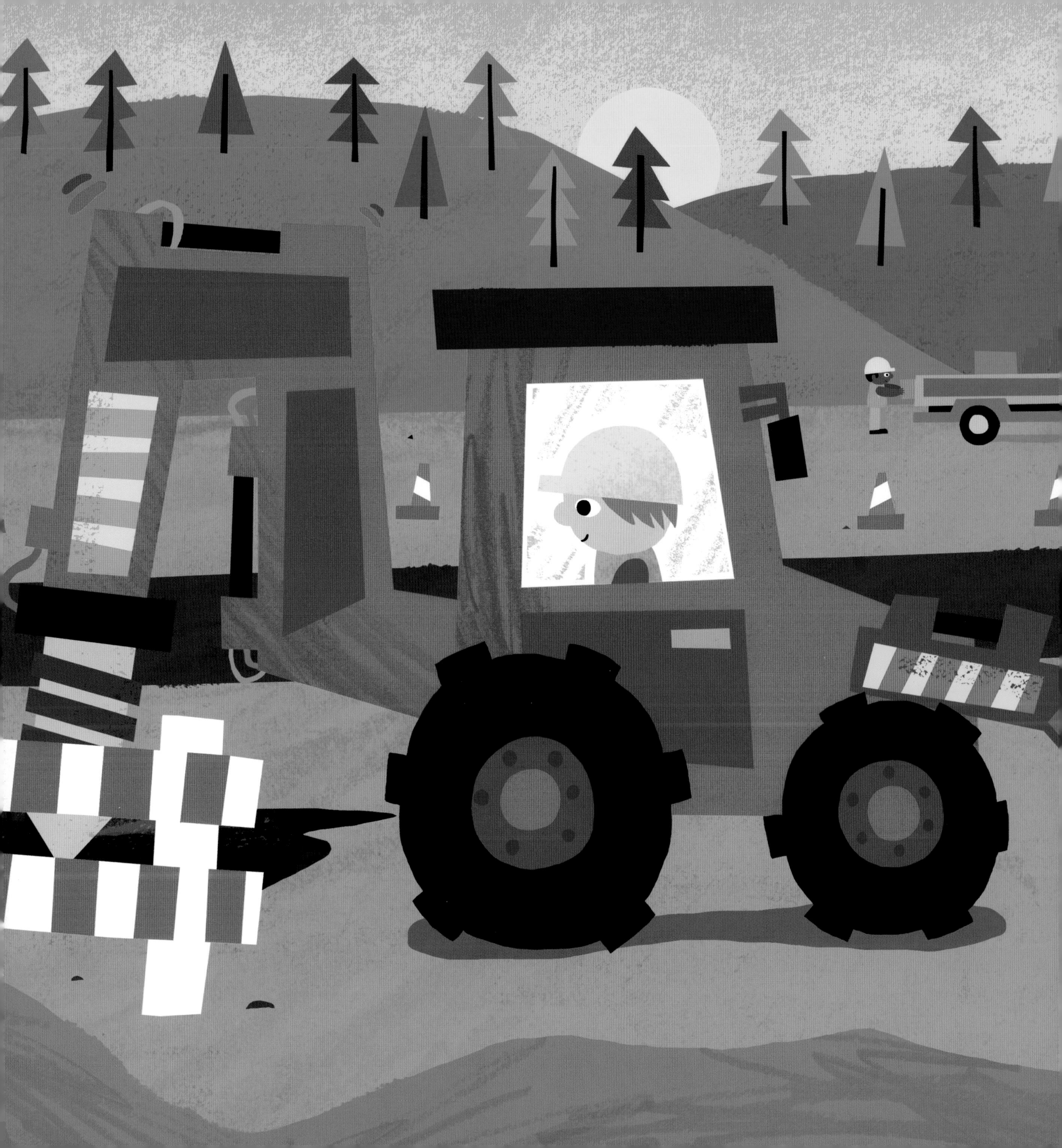

Ha llegado la gran apisonadora
con mucho alboroto,
presionando el alquitrán en el pavimento roto.

La máquina niveladora con su enorme pala,
pone el asfalto pringoso más rápido que una bala.

Pero que tarde se está haciendo ya,
la excavadora tendremos que parar.

¡Eh!, retroexcavadora para tu martillo,
ya no está en el cielo el sol amarillo.

Hay que bajar la potencia, es momento de parar.

¡Sra. hormigonera no querrá usted explotar!

Cae la noche, y el trabajo termina,
¡venga, vamos compañeros!
ya no gasten gasolina.

Cuando caen las sombras,
los obreros deben ir a dormir,
pues el día de trabajo ha llegado a su fin.

El camión y su remolque
han trabajado todo el **día,**
con un manguerazo
seguro que se **enfría.**

La excavadora hay que limpiar, ya no hay prisa por cavar,

con un cubo y un cepillo, hay que sacarle brillo.

Qué cansada está la apisonadora después de trabajar,
es hora de parar, es hora de descansar.

Llega la noche para el volquete,
las luces se atenúan, el camión se aparca,
el motor se apaga.

El supervisor bosteza, se mueve con pesadez,
sus **ronquidos** profundos se oirán
con inmediatez.

Las luces de los conos alumbran el camino,
con tanto **polvo** no se ve un comino.

Todos juntos en el patio aparcaditos,
han trabajado duro y se duermen acurrucaditos.
Las **estrellas brillantes**
les miran sin apuro.
y les verán dormirse uno a uno.

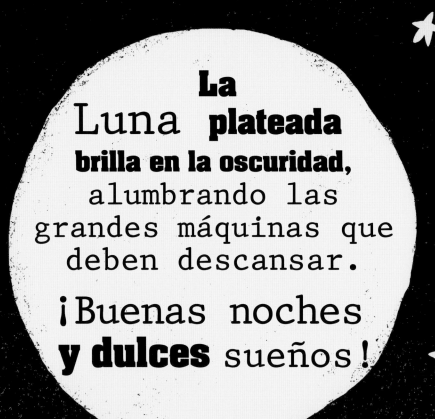

La Luna **plateada brilla en la oscuridad,** alumbrando las grandes máquinas que deben descansar.

¡Buenas noches **y dulces** sueños!